Thomas Bäder

Bin ich am Ende – oder war es am Ende ich?

Thomas Bäder

Bin ich am Ende – oder war es am Ende ich?

Aphorismen und Notate, gewitzt mit Cartoons

Königshausen & Neumann

Bibliografische Information der Deutschen Nationalbibliothek

Die Deutsche Nationalbibliothek verzeichnet diese Publikation in der Deutschen Nationalbibliografie; detaillierte bibliografische Daten sind im Internet über http://dnb.d-nb.de abrufbar.

Gedruckt auf säurefreiem, alterungsbeständigem Papier
Umschlag: skh-softics / coverart
Umschlagabbildungen: © Thomas Bäder
Cartoons & Illustrationen: © Thomas Bäder
Autorenfoto: © Andreas Gillmann
Korrektorat: Dorothee Kremer

Printed in Germany

ISBN 978-3-8260-7991-7
eISBN 978-3-8260-8449-2

www.koenigshausen-neumann.de
www.ebook.de
www.buchhandel.de
www.buchkatalog.de

Für Carmen – die mich trägt und erträgt

Inhalt

Hoffentlich kann mein Schicksal mir entrinnen.

Thomas Bäder

HERR GOTT, WIE SIND SIE ZU IHREM JOB GEKOMMEN?
ICH HABE MICH HOCHGEARBEITET

Über mir

Der Glaube versetzt Berge und schafft damit neue Täler.

Engel führen keine Flügelkämpfe.

Arztgläubigkeit ist kein Gottvertrauen.

Wenn Gott auf die Welt kommt,
werden die Menschen vom Glauben abfallen.

Der Altar ist der Tresen des Lieben Gottes.

Gott kommt spätestens dann auf die Welt,
wenn alle Menschen im Himmel sind.

Moralapostel sind selten jünger.

Gott kann sich nicht zeigen,
wenn wir die Augen vor uns selbst verschließen.

Das Gute an der Hölle ist:
Der Sünder kommt wieder unter Menschen.

Vaterunser eines Zweiflers: „Aberunser…"

Gott ist kein externer Dienstleister, sondern ein Innenrevisor.

Willst du Gott finden, suche zuerst in dir.

Der Weg von der Geburt zum Tod:
für den Gläubigen eine Einbahnstraße,
für den Ungläubigen eine Sackgasse.

Gentechnik: Großer Gott, wir klonen dich!

WEN MEINST DU MIT:
„WIR KÖNNTEN
MORGEN ZU OMA“?
DICH UND
DIE KINDER

Wer eine innere Heimat hat, ist überall auf der Welt zuhause.

Wer nicht geben und nicht nehmen kann,
wird sich selbst nicht helfen können.

Wer mit einem Freund gute Tage verbringen will,
muss ihn an schlechten besuchen.

Wer auf der Flucht ist, fragt besser nicht nach dem Weg.

Wer erstarrt ist, den erschüttert jede Veränderung.

Wer die Welt in einem anderen Licht sehen will,
muss sie verlassen.

Wer immer Erster sein will,
sollte sich frühzeitig mit dem Tod in Verbindung setzen.

Wer ein selbstbestimmtes Leben führen möchte,
sollte dem Tod aus dem Weg gehen.

Wer nur mit einer Windrichtung klarkommt,
kann nicht allen Stürmen trotzen.

Wer lästert, wird seine Last nicht los.

Wer behauptet, er verstehe die Welt nicht mehr,
muss sie vorher verstanden haben.

Wer zweigleisig fährt, muss viele Weichen stellen.

Wer in der Luft hängt, ist noch nicht im Himmel.

Wer sich bei einem Fest betrinkt, hatte keinen Grund zum Feiern.

Wer schauspielert, sucht Beifall.

Wer sich mit anderen misst, legt den falschen Maßstab an.

Wer unzufrieden in ein Restaurant geht,
bestellt am besten nichts.

Wer verlieren kann, macht eine gute Partie.

Wer vor etwas davonläuft, rennt in etwas hinein.

Wer seine wahre Größe kennt, schlägt seltener den Kopf an.

Wer von allen geliebt werden will, kann alles glauben.

Wer im Trüben fischt, sieht nicht, was er an Land zieht.

Wer die Mitte für sich in Anspruch nimmt,
ist nicht in seiner eigenen.

Wer glaubt, den interessieren weder Wissen noch Wahrheit.

Wer hohe Schutzmauern errichtet, beschränkt seine Weitsicht.

Wer die Augen vor etwas verschließt,
will seine Sichtweise behalten.

Wer vor sich flüchtet, ist nirgends sicher.

Wer aus seinen Fehlern lernt, hat nie einen gemacht.

Wer sich unglücklich machen will, bringt sich in eine Sache ein,
die ihn nichts angeht.

Wer vor sich selbst flüchtet,
sollte sich wenigstens Asyl gewähren.

Wer seine Schattenseiten fürchtet,
kann nie den Sonnenschein genießen.

Wer sich halten lässt, hält die Welt besser aus.

Wer sät und keine Zeit für die Ernte hat, ist noch nicht reif.

Wer sich selbst verurteilt, verzichtet auf die Beweisführung.

Wer die Ruder in der Hand hält, lässt sich nicht gerne treiben.

Wer in die Zukunft verliebt ist, geht mit der Gegenwart fremd.

Wer Arbeit nicht sehen kann, arbeitet dauernd oder gar nicht.

Wer sich zu Tode arbeitet,
wird dafür mit einer Sterbeurkunde belohnt.

Wer vor Arbeit ertrinkt, hat sich zu viel ans Bein gebunden.

Wer nicht bis zum Umfallen arbeiten möchte,
muss bei der Verteilung der Arbeit standhaft bleiben.

Wer nie nach dem Weg fragt, muss nicht zwangsläufig irren.

WIR HABEN DEN SIEG DAVONGETRAGEN

Appellplätze sind Orte des Stillstandes.

Krieg ist die schlimmste aller Freiheitsstrafen.

Bürgerkrieg: Das unerhörte Volk verschafft sich Gehör.

Krieg ist eine Vergewaltigung des Friedens.

Friede ist kein Kriegsspielzeug.

Eine Kriegserklärung hat noch nie einen Krieg erklärt.

Frieden: Soldaten aller Länder vereinigt euch!

Wer einen Krieg befiehlt,
hält sich bevorzugt an friedlichen Orten auf.

Friede ist kein Gewohnheitsrecht.

Kriege entstehen im Innersten eines Menschen
und können folglich auch nur dort enden.

Friede ist Muttersprache.

Der letzte Mensch auf Erden wird verstehen,
mit wem er hätte Frieden schließen müssen.

Friede: Versöhnung mit der Ungerechtigkeit.

Ziel eines Krieges ist niemals Friede.

Friede ist, wenn Gott den Teufel küsst.

SIND SIE
EINE UHR?
NEIN. ICH BIN
EIN VERGEHEN
DER ZEIT.

Gedankenlos zu sein ist die Grundlage für freies Denken.

Wer fühlt, kann sich seine Gedanken sparen.

Kreise deine Gedanken ein, sonst kreisen sie dich ein.

Wir leben zwischen unseren Gedanken.

Man muss viele Gedanken verändern,
um einen einzigen zu verstehen.

Wer ruhen möchte, darf seine Gefühle nicht
mit Gedanken zudecken.

WARUM TRAGEN SIE
IHREN HUND?
DAMIT ER
MIR FOLGT

Auch ein freier Vogel fällt irgendwann vom Himmel,
wenn er sich zwischendurch nicht erdet.

Der Goldfisch im Glas definiert Weite anders als ein Wal im Meer.

Ein Esel trägt die Last anders als ein Kamel.

Wer Schnitzel essen will,
muss Schwein haben.

Haustiere werden immer beliebter,
weil sie nicht widersprechen.

Eine Brieftaube nutzt ihre Freiheit nicht aus.

Man muss eine Katze oft streicheln,
bis sie sich geschmeichelt fühlt.

Nutztieren wäre sehr geholfen,
wenn wir uns an ihnen sattsehen könnten.

Das Vogelbestimmungsbuch: Speisekarte einer Katze.

Wer ein Tier streichelt, streichelt seine Seele.

Tierarten, die vom Menschen gegessen werden,
brauchen keine Angst vor ihrer Ausrottung zu haben.

Wachhunde bewachen gute Menschen – und böse.

Auch der große Hund hat Angst.

Wer seine Katze aus dem Haus wirft,
setzt seinen Lehrer vor die Türe.

Bäume sind eine Sammlung unbeschriebener Blätter.

Das Beste, was der Mensch für die Natur tun kann:
natürlich bleiben.

Auch die Natur passt ihre Gesetze an.

Wenn der Mensch sein Heil in der Technik sucht,
verliert er die Natur als Verbündete.

Im Frühling wird es dem Winter zu bunt.

Die schönsten Bäume versperren manchmal
die herrlichsten Aussichten.

Gelebter Zynismus
Die Not der durstleidenden Schlachttiere lindern:
etwas mehr Soße an den Braten geben.

MAMA, WAS IST MENSCHEN-KENNTNIS?
WENN EIN MENSCH SICH SELBST KENNT

Aus Kindern, die niemand tröstet, werden trostlose Erwachsene.

Authentizität: Aus sich kein Geheimnis machen.

Die Arbeit an sich selbst ist so unbeliebt,
weil es keinen Vorschuss auf den Lohn gibt.

Der Mensch, der an deiner Seite geht,
geht nicht den gleichen Weg wie du.

Letzte Worte eines Alkoholikers:
Ich habe genug geschluckt.

Der Unterschied zwischen Mensch und Schwein:
Der Mensch mästet sich selbst.

Das wahre Gesicht eines Menschen
hat viele Schönheitsfehler.

Der Lügner kann die Wahrheit nicht verschmerzen.

Menschenkenntnis besitzt der, der sich selbst kennt.

Der normale Mensch ist ein gesunder Kranker.

Alles, was wir absichtlich übersehen, macht uns blind.

Wer nicht lebendig ist, lebt den Tod vor.

Der Mensch sehnt sich zurück.

Jeder Mensch braucht ein anderes Paradies.

Ein Mensch kann nur wachsen,
wenn er einen guten Platz zum Wurzeln findet.

Der Mensch, der nach Wachstum strebt und nicht nach Reife,
verdirbt früh.

Für einseitige Menschen ist der Monolog bereits ein Streitgespräch.

Wer wartet, hat Geduld mit der Zeit.

Der bekennende Lügner ist der ehrlichste Mensch.

Jeder Mensch hätte einen Applaus verdient,
ohne sich dafür verbeugen zu müssen.

Der selbstgerechte Mensch wird sich selbst nicht gerecht.

Gäbe es eine Versicherung für nicht gelebte Zeit –
manche Menschen wüssten nicht einmal,
dass ihr Leben ein Versicherungsfall ist.

Wer im Leben immer Vollgas gibt, hat einen langen Bremsweg.

Der Mensch muss weit gehen, um zu sich zu kommen.

Menschen sind die Filialen des Lieben Gottes.
Leider laufen nicht alle gleich gut.

Steigen die Meeresspiegel, sieht der Mensch kein Land mehr.

Menschen sind sich enttäuschend ähnlich.

Wenn die Fassade eines Menschen bröckelt,
kann er trotzdem noch lange dahinter wohnen.

Weit bringen es die Menschen, die nicht zu weit gehen.

Wenn die Menschen aufhören würden,
sich gegenseitig verändern zu wollen,
hätten sie nichts mehr zu tun.

Was der Mensch mit der Erde gemeinsam hat:
Er kreist immer um die eigene Achse.

Die ganze Welt ist ein Mitmachtheater –
wer weise ist, bleibt Zuschauer.

Ein verlorenes Leben ist ein nicht gefundenes.

Wer nicht an seinem Leben festhält,
an dem kann auch der Tod nicht zerren.

Es gibt keinen schlimmeren Tod, als nicht gelebt zu haben.

Indem wir unser Leben verlangsamen,
beschleunigen wir unsere Entwicklung.

Um sich zu verändern, braucht es Ungehorsam gegenüber sich selbst.

Wer für sein Leben nicht selbst die Verantwortung übernimmt,
ist anfällig für Populisten.

Würde ist der Pflichtteil des Lebens, der jedem Menschen zusteht.

Als es noch keine Uhren gab,
hatten die Menschen auch keine Zeit.

Der Tod nimmt uns alle Zeit.

Beim Warten erfüllt sich die Zeit.

Die Gegenwart kostet die meiste Zeit.

Ein Paradies entsteht, wenn wir die Zeit vertreiben.

Indem wir die Zeit vergessen, gehen wir mit ihr.

Uhren sind kein Zeitgewinn.

Wer die Zeit zurückdrehen möchte, beginnt sich zu verstellen.

*

EIN MENSCH, DER NICHT REIF IST, ISST KÄSE

Der Trinker nimmt seinen Fahneneid ernst.

Treffen sich zwei Blicke, ändert sich die Sichtweise.

Traumjob: Beim Aufwachen ist die Arbeit bereits erledigt.

Um etwas zum Fließen zu bringen, braucht es nur wenig Gefälle.

Versicherungen versichern Verunsicherte.

Wer überkocht, kocht nicht nur mit Wasser.

„Aber…“: Beginn eines jeden Gelabers.

Heimat ist wie ein Magnet,
der uns abstoßen oder anziehen kann.

Ein Land zeigt sein Gesicht in den Augen seiner Bettler.

Denkmäler sind etwas für Menschen,
die sich zu Lebzeiten nicht gesehen gefühlt haben.

Eine gewisse Zukunft wäre
nicht besser auszuhalten als eine ungewisse.

Der Kunsträuber kennt sein Motiv.

Zu viele Standbeine machen unbeweglich.

Eine Ehe ist keine Hochzeitsnacht.

Der Betrüger war einst der Betrogene.

Nicht jeder, der Staub aufwirbelt, weiß,
dass er sich dabei selbst schmutzig macht.

Die Meinungsfreiheit schützt die Wahrheit nicht.

Der Arbeitssüchtige will sich nicht
mit sich selbst beschäftigen.

Auch der Wissende weiß nur das, was er wissen will.

Heimat ist dort, wo wir uns in Ruhe lassen.

Der Weise weitet Grenzen, indem er sie achtet.

Großartig sein zu wollen ist der misslungene Versuch,
nicht mehr artig sein zu müssen.

Gerechte Arbeitsverteilung: Wenn hinterher alle geschafft sind.

Heimat ist dort, wo wir die Wegweiser persönlich kennen.

Klassische Arbeitswoche:
Ab Montag den Freitag hinter sich bringen.

Heirat: Die Gefühle trauen sich.

Ist die Patina am Schönsten,
steht der Verfall kurz vor seinem Ziel.

Hochzeit: Festtag für Ja-Sager.

Krankt ein Geheimnis, kann es nur der Verrat heilen.

Mut: Die Richtung zu ändern, ohne zu wissen, wo es langgeht.

Nichts lähmt mehr als die eigene Überzeugung.

Nur der Geschichtsschreiber schreibt Geschichte.

Originale kopieren nicht.

Nicht jedes Rad passt an jeden Wagen.

Manchmal liegt weniger am Meer.

Nicht jeder, der von sich spricht, weiß, wovon er redet.

Wir wollen alles erklären können, um es nicht verstehen zu müssen.

Es gibt Türen, die sich nur öffnen,
wenn wir nicht mehr verschlossen sind.

Wir können unsere Dämonen besänftigen oder ihre Masken tragen.

Das, was wir über andere erzählen, sagt alles über uns.

Wir reifen leider nicht, ohne dabei älter zu werden.

Bevor wir uns annehmen, nehmen wir uns aus.

Wir verändern uns, ob wir uns ändern oder nicht.

Normal. Anders.

Ohne den Rand einer Gesellschaft zu kennen,
ist es unmöglich, deren Mitte zu finden.

Outsourcing ist in der Beziehungsarbeit besonders beliebt:
Soll doch der andere etwas tun.

Reden ist Silber, Schweigen ist Gold. Zuhören unschätzbar.

Ruhe ist unsere stille Reserve.

Rezept für eine schnelle Versöhnung:
für einen Moment wieder Kind sein.

Selbstbetrug ist der Versuch, sich selbst zu bereichern.

Ohne Tief- keine Hochzeit.

Überredungskunst ist die Fähigkeit, zu manipulieren.

Nur wer sich selbst kennt,
verfügt über ausreichend Menschenkenntnis.

Wahrheit ist eine Sonderform der Phantasie.

Wolken sind ein Leben lang im Himmel.

Verlierer, die feiern, gewinnen sich.

Zusammenhänge, die klar erscheinen,
sind mit äußerster Skepsis zu betrachten.

Die Selbsterkenntnis erwartet einen in der Grauzone
zwischen Anspruch und Wirklichkeit.

Zwischen nicht wahrhaben wollen und wahrhaben
liegen die unglücklichsten Jahre.

Blumen und Wurst helfen nicht gegen Durst.

Auch an einem Stammbaum wachsen ungenießbare Früchte.

Ein Herbergsvater sieht nicht viel von der Welt,
hört aber ihre Stimmen.

Der Weg zu mir selbst beginnt dort,
wo meine Füße zur Ruhe kommen.

Achtsames Gehen lernt der Mensch
am besten auf steinigen Wegen.

Der Spuk ist vorbei, wenn das Gespenst keine Angst mehr hat.

Verarmungsängste sind unabhängig
vom Vermögen eines Menschen.

Die Angst, den Wohlstand zu verlieren, ist ein Privileg der Reichen.

Grippewelle: Bluetooth der Natur.

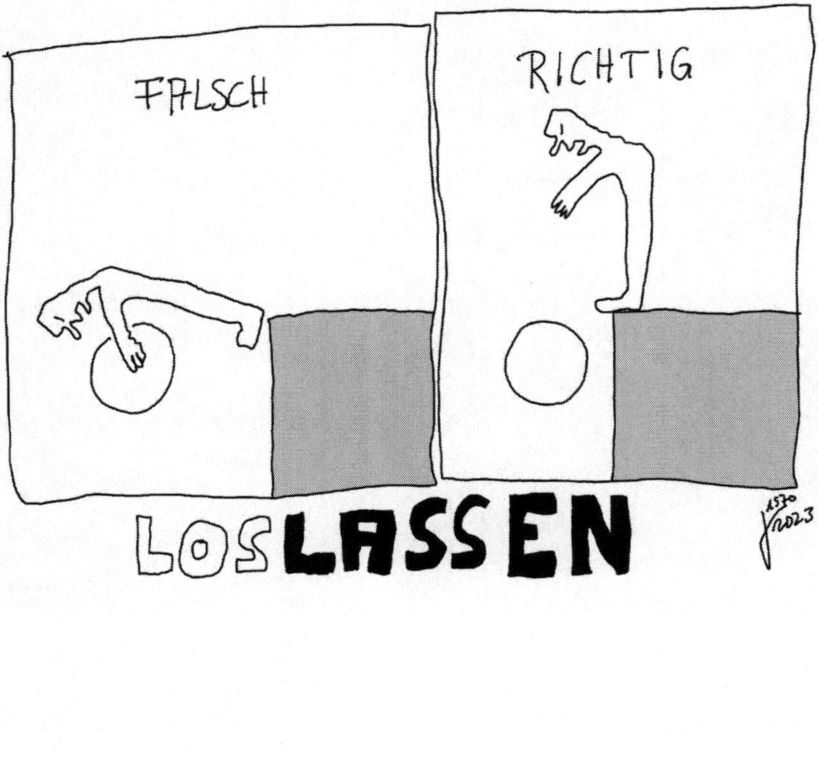
FALSCH
RICHTIG
LOSLASSEN

Loslassen heißt nicht kaputtmachen.

Loslassen heißt in der Computersprache löschen.

Loslassen ist Entfesselung.

Loslassen ist nicht schmerzhaft – nur der Weg dorthin.

Loslassen heißt, sich selbst nicht mehr weh zu tun.

Loslassen ist wie ein Schlussstein, der alles trägt.

Loslassen ist kein Verrat.

Loslassen ersetzt die Flucht vor sich selbst.

Loslassen: Endlich wieder tanzen, ohne geführt zu werden.

Loslassen ist eine Entscheidung,
für die es viele Vorentscheidungen braucht.

Wer loslässt, lässt sich frei.

Wir dürfen auch Dinge loslassen, die wir nicht verstehen.

Die einfachste Art, loszulassen: nicht zu sammeln.

Erst das Loslassen macht das Geschehene endgültig.

Loslassen: die Wandlung vom Akteur zum Beobachter,
vom Beobachter zum Unbeteiligten.

LINIENTREU

Der Weg vom Verliebtsein zur Liebe führt vom Fühlen zum Spüren.

Liebe auf den ersten Blick kann auch ein Versehen sein.

Die Ehe macht aus dem zarten Band der Liebe eine Seilschaft.

In der Erinnerung bekommt die Jugendliebe keine Falten.

Der Schmerz öffnet das liebende Herz.

Selbstliebe: ein Verhältnis mit sich selbst.

Wer die Liebe leugnet, hat sie schmerzlich erlebt.

Liebe ist planlos.

Selbstliebe ist das Eigenkapital eines Menschen.

Wer die Liebe leugnet, kann sich selbst nicht lieben.

Liebe ist kein Tauschmittel.

Wer hasst, liebt sich nicht mehr.

Angst ist das Heimweh der Liebe.

Liebe renaturiert unnatürliche Angst.

Wer sich nicht liebt, hat sich selbst neutralisiert.

Liebe ist gedankenlos.

Der Hass ist das Sorgenkind der Liebe.

Lieben, wenn der andere geht: Das ist die Vollendung der Liebe.

WARUM SÄGST DU DEN AST AB, AUF DEM DU SITZT?
ICH WILL AUS MEINEN FEHLERN LERNEN

Ich bin wer: Ich bin ich.

Erst wenn ich weiß, was ich brauche,
kann ich dankbar nehmen.

Ich wünsche mir ein Parlament mit unparteiischen Abgeordneten.

Geh' deinen Weg, meinen findest du nicht.

Ich schreibe über den Tod, als wäre er ein Teil von mir.

Alles, was ich gebe, kann mir nicht mehr genommen werden.

Ich glaube an ein Leben vor dem Tod.

Wenn ich etwas über mich erfahren möchte,
höre ich mir aufmerksam zu.

Ich wünschte, der Tod hätte ein anderes Gesicht als meines.

Von einem gesellschaftlichen Aufstieg würde ich nur sprechen,
wenn jemand von schlechter Gesellschaft in gute wechselt.

Wenn ich nicht bei mir bin, bin ich nicht weit weg.
Nur daneben.

Ich habe trauernd an dich gedacht.

Die Grenze zwischen dir und mir
darf nicht zwischen uns verlaufen.

Ich wünsche dir viel Meer.

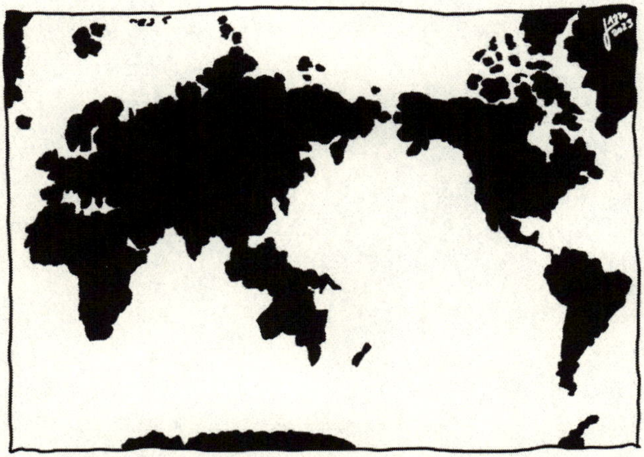

HEIMAT

Aufbruch ist Hunger nach neuer Sättigung.

Auf dem Gipfel des Lebens ist nicht allen Weitsicht vergönnt.

Der Tag kann nicht bei uns bleiben, bis die Nacht vorüber ist.

Eine halbe Lüge ist auch nicht besser als die halbe Wahrheit.

Die Welt, die wir uns geschaffen haben,
ist nicht die Welt, für die wir geschaffen sind.

Räume begrenzen die, die sie betreten.

Philosophieren erspart nicht das Selbststudium.

Eine Kerze verbrennt in ihrem eigenen Schein.

Wind ist Ruhe in Bewegung.

Eine Quelle läuft zum Meer über.

*

WELCHER WEG BRINGT MICH WEITER?
DISTANZ
NÄHE

Ein Grund, nicht zu sich selbst ehrlich zu sein, ist der,
dass sich daraus Konsequenzen ergeben würden.

Es dauert, bis wir erahnen, wer wir sind und wer der Ahne.

Selbstverherrlichung ist eine Fehlgeburt der Selbstverwirklichung.

Wer gut schlafen möchte,
darf seine Gefühle nicht mit Gedanken zudecken.

Endet das äußere Wachstum, bleibt das innere.

Es gibt Menschen, die glauben, sie seien in ihrer Mitte,
weil sich alles nur um sie dreht.

Wer seine Träume erfüllen möchte, muss zuerst erwachen.

Es gibt Menschen, die nie zum Psychologen gehen,
jedoch andere dazu bringen.

Im Meer der Annahmen geht das Bewusstsein unter.

Wer sich verstricken lässt, verliert den Faden.

Ohne innere Freiheit keine äußere Freiheit.

Schuld ist das Gewissen.

Wem das Annehmen nicht gelingt, dem bleibt das Angeben.

Der Humor gibt uns unsere Tränen zurück.

Blinde Wut ist sehender Untergang.

Unterdrückter Zorn donnert später.

Gefühlsflüge lassen sich schwer annullieren.

Wer seine Gefühle unterdrückt, hört jedes Wort fallen.

Gefühle sind nicht durchdacht.

Mit welchem Gefühl sich ein Mensch auch zeigt,
es gibt immer einen, der es nicht ertragen kann.

Schmerz, der nicht gefühlt wird, tut richtig weh.

Starke Zurückhaltung kann zu Verstopfung führen.

Tränensee: Schmerz ist sein Zufluss, Liebe der Abfluss.

Verletzte Kinderseelen schmerzen die ganze Welt.

Wer ständig Angst hat, ist ein tapferer Mensch.

Ungebetene Ängste gehen, wenn sie zum Bleiben aufgefordert werden.

Wiederkehrender Schmerz bittet um Berührung.

Wer sich verletzlich zeigt, rührt die Wunden aller an.

Dort, wo keine Nähe möglich ist,
bedarf es berührender Worte.

Berührende Worte ersetzen keine Nähe.

Manchmal ist uns Nähe so fremd, dass wir Fremde brauchen,
um uns wieder näherzukommen.

Nähe braucht gesunde Distanz.

Wer zu viel Wasser auf die eigenen Mühlen lenkt,
dreht sich schnell im Kreis.

Nähe und Schmerz teilen sich ein Zimmer.

Wenn Sinnsuche nur etwas für Unglückliche ist,
dann hat der Glückliche auf der Welt nichts zu suchen.

Flucht vor Nähe: Verdrücken vor dem Umarmen.

Wer im Leben Halt sucht, findet ihn in seiner Nähe.

WEISSTANNEN

An Weihnachten schmücken sich die Menschen
mit fremden Bäumen.

Ideales Getränk für die Heilige Nacht: Stilles Wasser.

Weihnachten ist ein Grundbedürfnis.

Wenn sich Menschen in der Kälte Wärme spenden,
ist Weihnachten.

Über Weihnachten hat der Mensch
an der Herrlichkeit Gottes viel zu verdauen.

Unterm Tannenbaum zeigt sich, wer sich in der Familie grün ist.

Weihnachten im Wohlstand:
von der Krippe direkt zur Futterkrippe.

Wenn sich der Schwache stärkt und
der Starke Schwächen zeigt, ist für immer Weihnachten.

Weihnachten ist, wenn sich Seelen herzen.

Herzenswunsch: Ehrliche Weihnachten.

Zu Weihnachten ist die Konsumindustrie in freudiger Erwartung.

Weihnachten
Wenn Schatten Licht ist.

WARUM STELLST DU MIR IMMER DIE GLEICHEN FRAGEN?
WEIL MIT DEINEN ANTWORTEN ETWAS NICHT STIMMT
1970 2023

An welchen Menschen soll sich Gott wenden,
wenn er die Wahrheit erfahren will?

Bin ich im Denken frei,
wenn ich auf bestimmte Gedanken gar nicht komme?

Liebeserklärungen: Wie soll man die Liebe erklären?

Hielt sich der erste Mensch für normal?

Ist Gott systemrelevant?

Ist der Tod gerecht?

Können wir etwas verzeihen,
wenn es morgen wieder geschehen kann?

Kann ein Fremder Dorfältester werden?

Muss die Beerdigung dem Toten gefallen?

Sollen wir nach dem Stein suchen, der den Erdrutsch ausgelöst hat?

Wen soll Gott erhören, wenn beide Feinde um den Sieg beten?

Schließt der Tod die Augen von innen oder von außen?

Über welchen meiner Schatten soll ich zuerst springen?

Wer vertritt einen Künstler im Krankheitsfall?

Wo ist das heute von gestern?

Wären die Menschen glaubhafter,
wenn alle den gleichen Glauben hätten?

Wenn es keine Menschen gäbe, wer wüsste von Gott?

Wo kämen wir hin,
wenn wir wieder als Nomaden unterwegs wären?

Wenn ich nicht fluchen soll,
warum habt ihr es mir dann beigebracht?

Bin ich am Ende – oder war es am Ende ich?

DER FISCHTREPPENWITZ
ES WIRD NIE
AN DIE ALTEN
FISCHE GEDACHT!
VORSICHT
STUFEN
1970
2022

Auch heutzutage können die Menschen noch verzeihen:
Sonst hätte die Deutsche Bahn keine Kunden mehr.

Die Verdunklungsgefahr ist am Ende eines Tages am größten.

Das Schöne am Fremdgehen ist: Man kann es auch zuhause tun.

Ein gesunder Zwerg bekommt keinen Größenwahn.

Die Vollkatastrophe: Auf einem fliegenden Teppich unterwegs sein – und dann wird einem der Boden unter den Füßen weggezogen.

Entfiele die Unsicherheit, würde mit Sicherheit etwas fehlen.

Die Schlacht am kalten Buffet erinnert an Hungerkriege.

Wer wissen will, ob seine Freude echt ist,
sollte sie mit einem Menschen teilen,
der sich über nichts freuen kann.

Kinder werden von ihren Eltern gerne auf den Arm genommen.

Essen ist das Mittel zum Speck.

Schnarcher sind Menschen, die nachts nicht auf sich hören.

Um im Viereck laufen zu können,
wurde der Rasenmäher erfunden.

Vielleicht ist das Gegenteil von wenig schwer.

Wer abends zu viel Schweinebraten isst, grunzt in der Nacht.

Beim Tempolimit kommen die Gefühle in Fahrt.

Bewegung im Bildungsnotstand:
Mit dem Elterntaxi direkt zum Sportunterricht.

Lockdown-Erinnerung
Die Schließung der Frisörsalons verleiht
dem Menschen wieder sein natürliches Aussehen.

ICH LASSE MICH
JETZT GEHEN
AUF DEM STERBEBETT

Auf den Friedhöfen liegen Menschen, die die Welt veränderten,
neben denen, die sich veränderten.

Der Tod ist die letzte Instanz, die dem Leben recht gibt.

Am Ende seines Lebens ist der Mensch die Ruhe selbst.

Beim Leichenschmaus gibt der Verstorbene seine letzte Runde.

Der Tod erweckt die Seelen der Erben.

Wer ganz bei sich ist, stirbt nicht alleine.

Der Tod zwingt uns, anderen etwas nachmachen zu müssen.

Wenn wir über die Friedhöfe wandeln,
sind die Toten wieder unter uns.

Der Tod ist das Allerletzte.

Im Herbst des Lebens drängen die Gipfel ins Tal zurück.

Der Tod ist die letzte Lebenserfahrung.

Ein würdiger Abschied ist der schönste Nachlass.

Der Tod ist der Weisheit letzter Schluss.

Manchmal sind die Blumen, die wir an einem Grab niederlegen,
die ersten Blumen, die wir uns selbst schenken.

Der Tod ist nicht lebensfremd.

Der Umgang mit dem Tod
schmerzt manchmal mehr als der Tod selbst.

Der Tod macht aus „immer" „nimmer".

Sterben heißt, sich gehenzulassen.

Der Tod kommt nicht – er ist immer bei uns.

Sterben heißt, sein Ende zu finden.

Der Tod macht sich nichts aus Lebenslügen.

Sterben heißt, sich auszuleben.

Der Tod liegt dem Leben auf der Lauer.

Wir müssen im Leben unseren eigenen Tod verschmerzen.

Der Tod ist die Entbindung vom Leben.

Mit dem Tod steigt die Auferstehungsgefahr.

Der Tod hat die Ruhe weg.

Für den Tod sind alle Menschen systemrelevant.

Der Tod verliert kein Sterbenswörtchen.

Es geht nicht erst am Ende dem Ende entgegen,
sondern von Anfang an.

Der Tod pflanzt sich mit dem Leben fort.

Jenseits hat Zukunft.

Letztendlich

Todesursache: Geburt.

Um sich zu verewigen, genügt es zu sterben.

Vielleicht ist der Tod die Erklärung für das Leben.

Wer sich streichelt, kommt mit der Vergänglichkeit in Berührung.

Wir sollten nicht lange traurig sein – sondern immer wieder.

Auf dem Weg von der Geburt zum Tod
gibt es keine Wendemöglichkeit.

EIN SCHÖNER STREIT

Garantie für Beziehungskonflikte: unausgesprochene Absprachen.

Ein heilsamer Streit ist der,
der zur Versöhnung mit sich selbst führt.

Auch der Streithammel kommt nicht ungeschoren davon.

Der wahre Streiter streitet nie etwas ab.

Eine Welt ohne Streit kann nur eine Welt sein,
die allen gerecht wird.

Erst der letzte Mensch wird verstehen,
dass er im Streit stets mit sich selbst gerungen hat.

In einer heilen Welt kommen die Gewitter aus heiterem Himmel.

Konflikte, die nicht ausgesprochen werden,
führen zu Handlungen, die sprachlos machen.

Streits beginnen auffällig häufig mit dem gleichen Wort: Du.

Wer einem Streit aus dem Weg geht,
kommt sich früher oder später selbst in die Quere.

Lügner? Selbstleugner!

Streitäxte werden aus Stammbäumen hergestellt.

Verstreite dich nicht – aber streite.

Wenn drei sich streiten, werden zwei sich einig.

Wo der Streit beginnt?
Dort, wo wir nicht mit uns selbst einig sind.

Wer im Streit unversöhnlich ist, verliert sich.

Wenn sich die Gelehrten streiten, sind sie nicht mehr weise.

Die Suche nach einem Schuldigen beginnt bei sich selbst.

Irrglaube ist der Wegbereiter der Lüge.

Die Notlüge zeigt, in welchem Dilemma die Wahrheit steckt.

Lügner sagen mitunter Wahres,
um ihre Glaubwürdigkeit unter Beweis zu stellen.

Die Lüge sieht der Wahrheit täuschend ähnlich.

Früh lügt sich, wer ein Verschwörer werden will.

Die Lüge reist im gleichen Koffer wie die Wahrheit.

Glaubhafte Lügen enthalten das Wort „ungelogen“.

Wer sich belügt, verwirrt sich selbst.

Der Lügner geht nicht ehrlich mit sich um.

Eine große Lüge besteht aus vielen kleinen Verlogenheiten.

Für die Lüge ist die Wahrheit ein Paradies.

Halbwahrheiten sind gefährlicher als Lügen,
weil sie nie ganz widerlegt werden können.

Keiner lügt so oft, dass man ihm nichts mehr glauben würde.

Im Grunde gibt es keine Lügner, sondern nur Menschen,
die mit der Wahrheit nicht klarkommen.

Jede Lüge enthält immer auch eine unangenehme Wahrheit.

Lügner fürchten nicht ihre Enttarnung –
nur das Ausbleiben ihrer Phantasie.

Der Lügner hatte keine ehrlichen Vorbilder.

Mit dem Lügner wurde nicht ehrlich umgegangen.

Niemand kennt die Wahrheit, aber alle glauben sie zu kennen.

Wir wissen nicht, was wahr ist,
bis wir die Lüge zu spüren bekommen.

Lügner mischen sich bevorzugt unter ehrliche Leute.

Wer lügt, kennt sich in Wahrheit nicht.

Wäre der Mensch ehrlich zu sich selbst,
bräuchte er nicht zu lügen.

Lügen: Selbstbildnisse betrogener Menschen.

Wer nicht bei der Wahrheit bleiben will,
lässt sich heutzutage im Internet gehen.

Beim Festlegen eines Streitwerts offenbart sich der Selbstwert.

Die Urteile, die wir über andere fällen, sprechen uns nicht frei.

Gerechtigkeit: Wenn alle Recht haben und keiner Recht bekommt.

Lügen basieren auf unerträglichen Wahrheiten.

Unrecht: Wenn der Verdacht als Beweis dient.

ICH WILL KEINEN KRIEG!
ICH WILL FRIEDEN –
MIT ALLER GEWALT

Ein Herrscher ist ein abhängiger Mensch,
weil er auf Diener angewiesen ist.

Abtrünnige besitzen eine Option, die der Herrscher nicht hat.

Es schauen die auf uns herab, zu denen wir aufsehen.

Ein guter Herrscher kann nur der Mensch sein,
der sich selbst beherrschen kann.

In Diktaturen versagt die Stimme des Wählers ihren Dienst.

Extremisten drängen die Mitte an den Rand.

Ist der Feind vernichtet, wird er in den eigenen Reihen gesucht.

Populisten gehen mit ihren Anhängern um
wie ein Schmied mit dem Eisen:
zuerst heiß machen, dann verformen.

Machtbesessenheit: Spätfolge frühkindlicher Ohnmacht.

In einer Diktatur sind die Gesetze in schlechter Verfassung.

Populisten sprechen von „wir“, wenn sie uns kriegen wollen.

Reinwaschen ist ein schmutziges Geschäft.

Verantwortung übernimmt nur der,
der auch bereit ist, sie später wieder abzugeben.

In einer Diktatur bleibt der Stimme keine Wahl.

Vorsicht bei Rechthabern: Sie wollen immer die Macht haben.

Wahlparties in Diktaturen: Spontaner Jubel wird vorher geprobt.

Zugejubelt wird denen, die am besten unterjubeln können.

Herrscher: unbeherrschte Menschen.

Arbeit: Geld oder Leben.

Bei einem Berg voller Arbeit sind Überstunden der Gipfel.

Die fetten Jahre sind vorbei – jetzt kommen die gesunden.

Ein Hetzer bleibt ein Hetzer, auch wenn er gerade schweigt.

Der Streit ums Geld kann einen Menschen sein Vermögen kosten.

KIpitalismus.

Der Streit ums Geld ist wenigstens umsonst.

Es ist sinnvoll, in Luxus zu leben,
um in Notzeiten über Sparmöglichkeiten zu verfügen.

Wer keinen Bettler kennt, kennt die Armut nicht.

Für einen Kapitalisten ist jeder Mensch ein Gewinn.

Wohlstand führt zu Abhängigkeitserkrankungen.

Goldene Löffel machen hungrig nach mehr.

Im Kapitalismus unterliegt die Solidarität
dem Preis-Leistungs-Verhältnis.

Wer im Geld schwimmt, darf nicht mehr ins Becken pinkeln.

Am Wahltag kreuzigt der Wähler seine Stimme.

Wohlstand ist keine Garantie für Zufriedenheit.

Anhänger lassen sich in beliebige Richtungen führen.

Wohlstand als Sinn ist eine Tragödie.

Stimmzettel sind nicht kompromissfähig.

WAS IST AN
DEM BILD
BESONDERS?
ES WAR DIE
ERST GROSSE
LINIE SEINES
LEBENS
1970
2023

Auch ein Dichter lebt mit Ungereimtheiten.

Bei einem Künstler spitzen die Ohren die Bleistifte.

Die Kunst ist, anzunehmen. Und nicht anzunehmen.

Ein Aphoristiker erklärt die Welt kurz und klein.

Die wichtigsten Sätze eines Schriftstellers: Umsatz und Absatz.

Notizen sind die Wertpapiere eines Schriftstellers.

Ein erfolgreicher Aphoristiker verdient sich arm.

Finale

„Herr Bäder, warum sind Sie aus der Kirche ausgetreten?“ –
„Um meiner Heiligsprechung zu entgehen.“

Danke, Carmen!

ZUM BUCH
ZUM AUTOR

THOMAS BÄDER, geboren 1970 in Tübingen. Künstler. Lebt mit seiner Frau in Rosengarten, Baden-Württemberg. Berufsausbildungen zum Maschinenschlosser und Industriekaufmann. Volontariat bei einer Tageszeitung, Tätigkeit als Redakteur. Berufsaufgabe in einer Lebenskrise. Im Fokus: Aphorismen, Cartoons, Kabarett, Kurztexte, Lyrik und Malerei. Leitet Schreibwerkstätten.

2017 Erstveröffentlichung „*Der kleine Herr Mann*“; 2020 zweiter Preis beim Aphorismus-Wettbewerb des Deutschen Aphorismus-Archivs zum Thema „Streitbar und umstritten“; 2022 Dieter-Schwalm-Stipendium; 2023 Aufnahme in die Anthologie „*Deutsche Aphoristik der Gegenwart*“, Edition Virgines, herausgegeben von Friedemann Spicker und Jürgen Wilbert.
Beteiligung an zahlreichen Anthologien, Einzel- und Gruppenausstellungen.

www.derkleineherrmann.de
www.instagram.com/derkleineherrmann
www.facebook.com/derkleineherrmann